장례식 케이크 전문점

연옥당

장례식 케이크 전문점

연옥당

ⓒSanho

초판 인쇄 2022년 11월 15일
초판 발행 2022년 11월 25일

지은이 산호

기획·책임편집 이보은
편집 김지애 김해인 조시은
디자인 이효진
마케팅 정민호 이숙재 박치우 한민아 이민경 안남영 왕지경 김수현 정경주
브랜딩 함유지 함근아 김희숙 고보미 박민재 박진희 정승민
제작 강신은 김동욱 임현식

펴낸곳 (주)문학동네
펴낸이 김소영
출판등록 1993년 10월 22일 제2003-000045호
주소 10881 경기도 파주시 회동길 210
전자우편 comics@munhak.com
대표전화 031-955-8888 | 팩스 031-955-8855
문의전화 031-955-3578(마케팅) 031-955-2677(편집)

ISBN 978-89-546-8530-6 07810
     978-89-546-8362-3 (세트)

인스타그램 @mundongcomics
카페 cafe.naver.com/mundongcomics
트위터 @mundongcomics
페이스북 facebook.com/mundongcomics
북클럽문학동네 bookclubmunhak.com

www.munhak.com

장례식 케이크 전문점

연옥당

글·그림 **산호**

②

문학동네

차
례

세번째 이야기

불꽃과
위스키 케이크

어디 보자…

치즈 케이크에
재즈만큼 좋은 재료가
없듯이…

럼 케이크에
펑크록만한 향신료가
또 있을까요?

특히 그 저항정신
한 스푼이 주는 풍미는
포기할 수 없지요.

언제나처럼
레비아탄 5집이
좋을 것 같은데…

그렇죠?
특별한 재료 없이도
완벽한 반죽이 될 거예요.

알려졌다시피 솔리는
최근 3년간 투병중입니다.
작년부터는
밴드 투어도 그만뒀죠.

그리고…
스스로 본인의 마지막을
조금씩 준비하고 있어요.
그 친구가 부탁해서
저도 돕고 있고요.

장례 케이크를
예약해두는 건
우리 나이쯤 되면
특별할 것 없는
일이지만,

반세기를 함께 보낸 친구의
마지막을 위한 거라 생각하니…
아득해지는 것은
어쩔 도리가 없네요.

무엇보다도…

솔리는 영원히
마지막을 맞지 않을 사람처럼
느껴져서요.

아, 솔리가
케이크 관련해서
적어준 메모가
있는데…

잠시만요…
여기 있다.

위스키를 넣은 케이크.
크림과 아이싱에도
위스키가 들어갈 것.

구겔호프 팬에 굽고
과일을 졸여 크림과 함께
가운데를 채우기.

추신, 위스키는
케이크 만들 때가 되면
제가 바로
보내드리겠습니다.

소문난 술고래다운 주문이죠? 아, 추신이 또 있네요.

안녕하세요, 마고씨. 직접 찾아뵙기 어려워 믿을 만한 친구를 대신 보냅니다.

…소문은 익히 들어 잘 알고 있습니다. 인생 마지막 케이크를 잘 부탁드립니다. 솔리 버드 드림.

메시지까지 남겨주시다니… 큰 영광입니다.

버드씨는 정말 세심하시네요.

그렇죠?

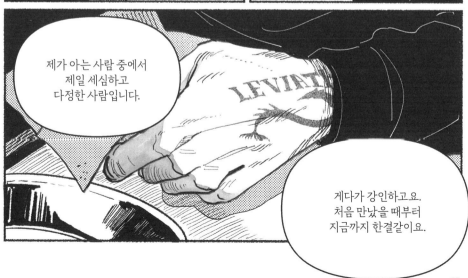

제가 아는 사람 중에서 제일 세심하고 다정한 사람입니다.

게다가 강인하고요. 처음 만났을 때부터 지금까지 한결같이요.

15

온 가족이
괴물 제사나 지내던
서녘 출신 주제에.

업종 변경했다고
혈통까지 바꿀 수 있나?

저는 어릴 때 출신에 대한 소문으로
괴롭힘당했던 적이 있습니다.
소문은 그림자 같은 것이라
때에 따라 길고 짧아지지만,
영 떨쳐내기는 어렵죠.

존재 자체가
불결하다는 말은
이럴 때 쓰는 거지.

그때는 그저
모든 걸 가만히
견디는 게 맞다고
생각했습니다.

야, 노아.

이딴 거 들고 다니면
뭐라도 된 것 같냐?

턱

하여간 이 동네는
이렇다니까~
사람을 가만
놔두는 법을 몰라.

너, 저기
과수원집 애지?
네 기타 맞으니까
엄청 아프더라.

아,
미… 미안.

…농담인데.
자, 받아.

어, 응.

고마워…

도망 안 가?

도망…?

잘됐다 그럼.

안 갈 거면
한 곡만
연주해줄래?

…불러보고 싶은 게
있어서.

너 매일 여기서
기타 치잖아. 아냐?

그, 그건 그런데.
소리도 별로고…
그냥 손장난 수준인데.

아무렇게나
코드 붙여서
치는 게 다인데…

뭐야,
작곡도 할 줄
아는 거네?

아니, 아니…
그렇게 말한다면
또 그렇지만…

그냥 숨어서 치는 거야.
집에 가면 농장 일만
해야 하니까… 도피 삼아…

말 많네.

잘만 치던데.

걱정 마.
네 기타 소리가 이상했으면
애초에 말도 안 걸었어.

그리고…

나 가사 쓰거든?
한번 봐봐.
곡 붙일 수 있을지.

별로면
내놔.

아,

그… 자, 잘 쓴 것
같은데…!

23

음악적 견해가 잘 맞는다는 건 세상을 바라보는 커다란 창문을 공유하는 거라고 생각해요.

이거 시험 끝나면 녹음해보고 싶은데.

이번에 수확 끝나면 농장 창고 비어.

조금 손보면 그럭저럭 녹음실로 쓸 만할 거야.

그래서인지 솔리와는 몇 번 만나지 않고도 금방 친구가 됐죠.

끼리끼리 모여서…

야, 듣겠다.

끼리끼리…
너무 식상해서
대미지가 하나도 없다.

이왕이면
가사로 쓸 만한
세련된 욕을
해주면 좋겠다…

오…
그 말 좋다.

방금 한 말 자체가
가사로 딱인데.

그래?
당장 코드 붙여!

좋아, 그럼
다음 가사는…

솔리는 자신의 가사를 노래하기 위한 선율을 원했고,
나는 나의 선율을 시로 만들어줄 목소리를 원했습니다.

어느 순간부터 음악을 하는 게 우리의 미래가 될 거라는 확신이 들었어요.

그때는 노래를 지어 부르는
그 순간의 자유가

우리가 아는 최고의 행복이었거든요.

그러니 학교를 졸업하고
바로 밴드를 꾸렸던 것은
당연한 수순이었을지도요.

밴드 이름은 솔리가 신화 속 바다 괴물에서 따왔습니다.
어차피 괴물로 불릴 거라면 무시무시한 괴수의 이름이 좋겠다면서요.

학내 공연으로 시작해 얼마 지나지 않아
펍이나 작은 공연장에 서게 되었습니다.

다음 곡 바로
시작할까요.

저희 노래 중에
제일 유명한 곡이
아닐까 싶은데요.

아는 분은
같이 불러주시고,
모르는 분은
박수를 쳐주시면
좋겠습니다.

처음에는 솔리가 아가미를 가진 어수인(魚水人)이라는 게 화젯거리였지만,
관객이 늘수록 야유보다 환호가 많아지고 있다는 걸 알았어요.

솔리가 첫 소절을 부르자마자
웅성거리던 사람들이
조용해지던 그 순간을
절대 잊지 못합니다.

무대의 중심에 선 솔리는
정말이지 노래하기 위해 태어난 사람 같았습니다.

내가 음을 붙인 곡이 그의 깨끗한 목소리와 같은 궤도로 나란히 흐르는 순간이 좋았어요.
솔리는 어디서 그런 힘이 나오는지 궁금할 정도로 공연마다 전력을 다해 노래했죠.

그 모습을 가장 가까이에서 볼 수 있다는 것이
내 가장 큰 특권이었다고 지금도 생각합니다.

…종종 이런 사건들이 있었지만요.

어류 공포증 있다고 대관 취소한 공연장 사장을 어떻게 생각해?

미쳤나보다.

뭐?!

드럼스틱은 훌륭한 무기다…

아니야. 귀한 드럼스틱을 쓰기엔 아까운 상대인걸.

어차피 거기 너무 좁았어. 넓은 데로 다시 구하자.

넓은 데라…

아, 가을이라 우리 농장 비어 있을 텐데…

막힌 길은 뚫어야지. 그래!!!!!!

대부분의 노래는 솔리와 함께 썼습니다.
솔리가 가사를 쓰고 나면 그 가사를
한참 들여다보며 멜로디를 붙였죠.

어떤 날에는 가사와 멜로디가
두 개의 톱니바퀴가 맞물린 것처럼
처음부터 끝까지 매끄럽게 붙기도 했고,
또다른 날에는 짧디짧은 한 소절 때문에
긴 설전을 벌이기도 했습니다.

우리에게 노래를 만드는 것이란
솔리의 언어와 나의 언어가
겹치는 지점을 찾아
몇 번이고 헤매는 일이었습니다.

시나한테 이 마디에서는 스네어 깔자고 하자.

마지막 후렴? 좋아.

두번째 마디 가사는 어때? 표현이 센가?

아니… 딱 좋은데. 그대로 두자.

그래, 그럼. 처음부터 다시 불러볼래.

노래 하나가 나올 때마다 이런저런 일들이 많았지만, 내가 만든 선율과 솔리의 목소리가 맞닿는 순간은 언제나 즐거웠습니다.

솔리,
솔리!

솔리,
녹음 전부
다시 해야 된대.

···뭐?

무슨 소리야?
그럴 리 없는···

야 이···
놀랐잖아, 자식아.

이건 참,
언제 써먹어도
효과가 좋네.

어머니는 어떠셔?
병원에서는
별말 없고?

뭐, 매일 똑같지.
요새는 수조에서
살다시피 하시니까.

…나도
언젠가는

다시 물로
돌아가게 될까?

그럼 뭐, 그땐
수중 공연장을 지어야겠네.

…노아.

응?

그 말인즉슨, 그때까지도
나한테 곡을 써주겠다는 거지?

네가 나를
해고하지만
않는다면야.

무슨 소리야.

내 가사를
노래가 되도록
만들어주는 게 누군데.

허, 그런 말을 잘도…

싫어?

…싫지는 않은데요,
엄청난 부담을 느낍니다.

느껴야지
그럼!

밴드를 만든 지 꼬박 두 해를 보내고 나서야
스튜디오 몇 군데를 돌며 녹음을 했습니다.

우여곡절 끝에 첫 앨범이 발매됐고,
그때부터 모든 게 바뀌었어요.

앨범 판매량은 연일 기록을 경신하고
대형 공연장의 좌석도 금방 동이 났죠.
꿈을 꾸는 건가 싶었어요.

그 모든 게 꿈이 아님을
깨닫게 했던 것은
거대한 공연장 안에서 마주한,
귀가 먹먹해질 정도로 몰아치는
함성이었습니다.

그리고 나는 그 함성 사이를
날카롭게 가르는 솔리의 목소리를
듣고 나서야 현실에 닿았습니다.

당연히 호의적인 반응만 있는 건 아니었어요. 아시다시피요.
음악성이나 가사에 대한 이야기보다 가십으로 뜯기고 또 뜯겼죠.

특히 언론이 솔리에게 한 짓은 믿을 수가 없는 수준이었습니다.

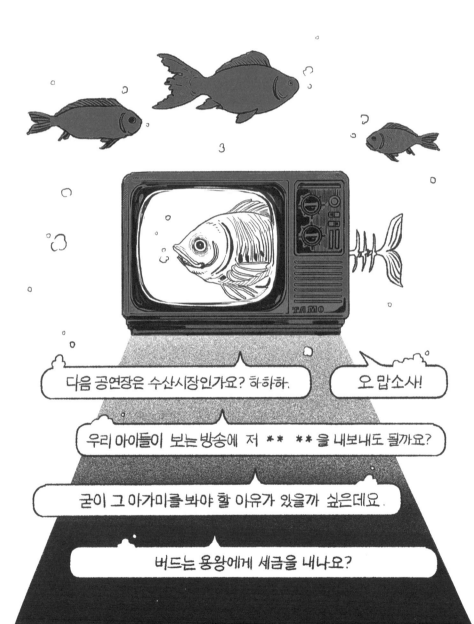

다음 공연장은 수산시장인가요? 하하하.

오 맙소사!

우리 아이들이 보는 방송에 저 ** ** 을 내보내도 될까요?

굳이 그 아가미를 봐야 할 이유가 있을까 싶은데요.

버드는 용왕에게 세금을 내나요?

람씨,
솔리 버드와의
관계는요?

버드가
밴드 해체를
원한다던데.

지겹지도 않아요?
근거도 없는 질문 좀
그만해요.

분명 우리 사생활보다
더 중요한 취재거리가
있을 텐데요.

버드의 집에
술로 채운 수영장이
있다는 게 사실입니까?

여기 보세요!
찡그리지 말고 웃어요!

요즘 아기는
황새가 아니라 기자가
물어다주나본데.

내가 모르는
우리 조카 없지?
고소하자.

아니 이게
무슨 헛소리야.

아주 되는 대로
지껄이고 있잖아, 이거.

아주 돌겠네.

하지만 공격이라는 게 대개 그럴듯
익숙해졌다고 해서 아프지 않은 건 아니었어요.

공연을
취소해라!

레비아탄은
사탄의 숭배자들이다!

아이들을 생각해서라도 그 아가미 좀 가리고 다니지 그래?

왜, 아주 얼굴도 가리라고 하지?

담배 피울 때 귀찮아서 싫은데요.

시끄러워서 녹음을 할 수가 없네. 다들 나한테 너무 관심이 많다니까.

경찰에 바로 연락할게.

아하하… 아니야. 이게 어디 하루이틀이야?

…진짜 관심들 더럽게 많아.

어떤 사람들은 솔리의 존재 자체에 시비를 걸고 싶어 안달이 난 것 같았어요.
'나아갈 때가 다가온다' 라는 가사를 사회 불안 조장으로 고발한 사람도 있었으니 말 다 했죠.
우린 모두 화가 나 있었고 할 수 있는 대응은 다 했어요.
하지만 법적인 조치에도, 방송에 나갈 때마다 호소하는 일에도 한계가 있었습니다.

그리고 그날은…
아직도 기억을 떠올리는 게 고통스러워요.

솔리는 그날
4번가에 있는 서점에 갔죠.
그애가 자주 가던 곳입니다.

그리고 누군가 솔리를 불렀습니다.

저기요,
버드씨 맞죠?

혹시 사인 좀
해주실 수 있나요?

그 말에 솔리는
이렇게 답했겠죠.

당연하죠.
이리 주세요.

그래서 뭐.

그러게 좀 조용히 있지 그랬어.

바위처럼 단단하던 애가 그렇게 누워 있는 걸
보는데 머릿속이 온통 멍했어요.

눈앞의 모든 게 거짓말 같았죠.

다들 뱉고 싶은 말을 원없이 내뱉는 광경에도
넌더리가 났습니다.

저런…

죽었대요?

제발 좀…

왜 경호도 없이
혼자 다녔대?

아가미를
찔렸다죠?

수술 예후가 좋아서 금방 깨어날 거라고 했지만,
솔리는 얼마간 눈을 뜨지 못했어요.

새로 옮긴 스튜디오가
꽤 괜찮아.
너도 분명…

…좋아할 텐데.

참, 너 깨어나면
고모가 과수원에
한번 오라셔.

너 좋아하는 거
해주신다네.

응? 솔리…

디링—

여기서 코드 진행을…

음, 아니다…

첫마디는 F코드가 좋겠는데.

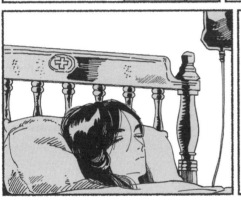

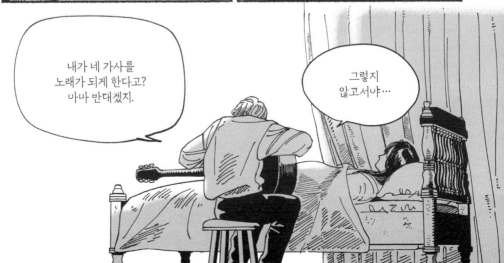

내가 네 가사를 노래가 되게 한다고? 아마 반대겠지.

그렇지 않고서야…

59

…내가 할 수 있는 일은
다 할 거라는 걸 알면서
그런 말 하지.

제대로 환자 노릇
하겠다고 약속해.
약 먹고, 재활하고,
검사 다 받고.

네가
괜찮을 거라는
확신을 줘.

네 녹음된 목소리로만
말을 하는 세상이 어땠는지
너는 모르잖아.

…그래.
약속할게.

솔리는 약속대로 치료와 재활에 전념했고,
건강이 어느 정도 회복되자마자
녹음실로 뛰어들었습니다.

휴식도 없이
네 시간째야.

솔리,
잠깐 쉬자.

진이랑 시나는
잠시 나갔다 온대.

스태프들도
쉬고 오라고 했어.

미안,
강행군이지?

너 한 달 동안
거의 쉬지도 않았어.
알아?

그랬나.

누가 노래를
너무 잘 만들어줘서
빨리 부르고
싶었거든.

라이터 있으면
빌려주라.

아,
성냥은
있는데.

누워 있을 때,
어린 시절 꿈을
정말 많이 꿨어.

특히 엄마가
등불을 끄는 꿈.

나 어릴 때 엄마가
항상 저녁을 먹자마자
불을 바로 껐거든.

나부끼는 연기 뒤로
어두운 밤이
길게도 남았지.

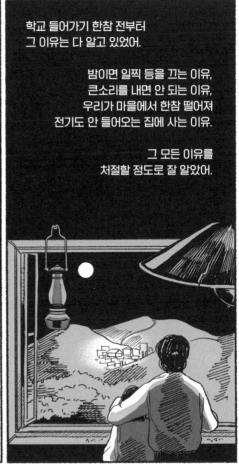

학교 들어가기 한참 전부터
그 이유는 다 알고 있었어.

밤이면 일찍 등을 끄는 이유,
큰소리를 내면 안 되는 이유,
우리가 마을에서 한참 떨어져
전기도 안 들어오는 집에 사는 이유.

그 모든 이유를
처절할 정도로 잘 알았어.

내가 어둠이 무섭다고 하면 엄마는 성냥을 안 집 수졌어.
긴 밤이 다 가도록 내게 허락된 빛은
내 발등조차 확인하기 힘든 성냥불이 전부였어.

그 불이 허락하는 곳만 보고 허락하는 곳에만 갈 수 있었으니
거의 모든 밤을 그 좁은 빛에 갇혀 산 거나 마찬가지야.

얼마나 든든한 새장인지,
당장 눈앞이 보이니 그뒤는 생각할 겨를이 없었지.
나도 그저 주어진 빛에 갇지던지하면서 실　　 되더라고

있잖아,
노아.

나 같은 사람들이
수족관 밖으로 나오게 된 지
고작 100년도 안 됐어.

나는 여전히 꿈에서
성냥 한 갑 달랑 쥐고
어둠 속에 남겨진
어린애의 얼굴을 봐.

그런데 어느 순간부터
예전처럼 마지막 성냥이
꺼지는 순간
비명을 지르면서
깨지는 않게 되더라.

성냥불이 꺼지는 걸
무서워하지 않게 된 계기가
있거든.

지금도 이런 걸
달게 됐으니
하고 싶은 말이 많아.

내가 살아 있는 게
마음에 안 드는 사람들이
있다는 걸 생각하면
의욕도 팍팍 오르는데
어떻게 멈추겠어?

그러니까 딱 세 시간만
더 녹음하자.

…한 시간.

간식 사왔어!

와~
세 시간도
거뜬하겠다!

야 이…

언제나 그랬듯 싸우기도 하고 가사의 단어 하나를 붙잡고 몇날 며칠을 고민하기도 하면서…
5집은 정말 다들 불붙은 것처럼 정신없이 만들었어요.

솔리의 물속 목소리와 비슷한 소리를 만들어내기 위해서
구할 수 있는 악기란 악기는 다 연주해봤죠.
원하는 소리가 완성될 때마다 다들 피곤한 것도 잊고 환호성을 질렀던 기억이 나요.
꼭 밴드를 처음 결성했던 때로 돌아간 것 같았습니다.

그리고 솔리가 일어난 지 딱 일 년하고도 반 만에 5집을 완성했어요.
여느 때보다도 더 길고, 고통스럽고, 즐겁게요.

버드씨,
최근 발매한 레비아탄 신보에
정말 좋은 반응이
이어지고 있는데, 어떠세요?

고생한 보람이 있네요.
기다려주신 분들께
보답이 되었다면
그걸로 만족합니다.

이런 말씀을 드리기
조심스럽지만…

사건 이후에는
어떻게 지내셨나요?

많은 분들이
궁금하셨을 거라고
생각합니다만…

단언하건대 그 일은
저한테 별 의미 없어요.
그냥 재수가 없었구나
싶은 정도예요.

그 사건으로
제 노래가 발전했다느니
떠드는 놈들이 있는데…

어느 누가
범죄의 희생양이 되었다고
성장을 합니까?
그저 회복할 뿐이죠.
저도 그랬고요.

범인에게 명예를
안겨줄 생각은
추호도 없습니다.
전 원래 잘했거든요.

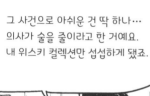
그 사건으로 아쉬운 건 딱 하나…
의사가 술을 줄이라고 한 거예요.
내 위스키 컬렉션만 섭섭하게 됐죠.

어쨌든 고작 그런 일로
내 입을 다물게 하려고 했다면
크나큰 오산이다.
이 망할 놈들.

아하하하학

푸학

하하, 입담은 여전하시네요.
아, 이번 앨범의 노래들은
특별하게 작곡하셨다고요?

한결같아…

네. 어수인들이
물속에서 쓰는 언어를
노래로 만들었어요.

어려운 작업이었지만…
딱히 걱정은 안 했어요.
우리 작곡가가
엄청나게 유능하거든요.

75

뭐, 물론
내가 대단한 것도 있지만.

그럼,
당연하지.

공연 시작
5분 전입니다.
대기 부탁드립니다!

어느 누가 우리의 오늘을
내다볼 수 있었을까요?

지금까지 계속 노래하고
연주할 수 있다니,
신기하고 감사한 일입니다.

벌써
복사꽃 필 때가 됐나?

그럼,
한참 만개할 때지.

역시
소문대로네.

여기라면
인생 마지막 케이크도
안심하고 맡길 수 있겠어.

여기로 하길 잘했어.
너도 여기로 해라!

그렇지?
나도 예약이나
넣어둘까봐.

고생했어.

이제 서류도
몇 개 안 남았어.

그래?
더 정리할 거 있으면
얘기해.

아니 그런데 너,
벌써부터 약한 소리 할 거야?

나 가고 나면
한 달에 두 곡씩 써서
내 무덤으로 와라.

한 달에 두 곡…?
솔리,
나 이제 칠순이야.

한 달에 한 곡
어때?

그 정도로
봐주지.

가사는 많이 써뒀어?

아무렴.

앨범 두어 개는
만들고도 남지.

말년에 심심할 걱정은
하지 말라는 배려니까
감사히 받아.

그럼 나는 완성할 때마다
귀찮게 하러 가야겠네.

그래.

언제든지 와.

케이크에 위스키와 같은 주류를 첨가하면
특유의 풍미가 생겨 아주 매력적인 케이크를 만들 수 있습니다.
버드씨의 케이크에는 그 풍미와 함께
위스키의 진한 맛도 살리려고 합니다.

크림에도 반죽에도, 과일 절임에도
위스키를 넣을 거예요.

버드씨가 주문하신 대로
케이크의 모든 부분에
고인께서 가장 좋아하셨던 향을
가득 채워야지요.

버드씨를 위한 케이크의 재료로 당연히 음악을 빼놓을 수 없겠지요.
특수하게 고안된 음향반죽기를 사용하면
고인께서 사랑했던 음악을 반죽에 듬뿍 스며들게 할 수 있습니다.

겉은 평범한 전축처럼 생겼지만
연옥에서는 이미 널리 사용하는 필수 주방가전이지요.

음향반죽기를 사용한 케이크는
반죽의 가장 작은 기포부터
소리를 머금은 채 구워집니다.

특히 장례 케이크의 반죽에는
노래를 잘 배합해야 합니다.
연옥에 막 도착해
케이크를 베어 무는 순간부터
벌판을 건너는 내내
케이크에 녹아든 노래와
함께하게 될 테니까요.

이 물룡한
음향반죽기는 역시나
고야 선생 작품이랍니다!

GOYA ®

음향반죽기에 사용할 음반은
구할 수만 있다면 (가장 먼저) 발매된 초판이 좋습니다.
펑크록을 사랑하는 미로씨 덕분에
레비아탄의 모든 앨범은 초판으로 소장중입니다.
[다행이다!]

연옥당에 없는 음반은 다양한 방법으로 조달합니다.
중고상점을 돌기도 하고,
양해를 구해 고인의 유품을 사용하기도 합니다.

계란, 설탕, 밀가루 등
재료의 비율을 정확히 계량해야
반죽기의 효과가 좋아집니다!

그래야 반죽 속에 노래가 들어갈 수 있는
적당한 양의 기포가 생기거든요.

기포가 음절을
잘 붙들어두어야
노래도 잘 익지요.

음향반죽기 안에
반죽을 넣고
음반의 원하는 트랙을
틀어주면 끝!

음반이 돌아가는 동안,
반죽 속 기포에 노래가 조금씩 스며듭니다.

공기층이 많은 페이스트리는
더 많이 넣을 수 있지만,
보통 크기의 케이크 반죽에는
열두 곡 정도가 들어갑니다.

마침 레비아탄 5집에 수록된 노래가
딱 열두 곡입니다.
버드씨를 위한 케이크에는
이 열두 곡의 노래를 담았습니다.

안녕하세요, 마고씨.
뒤늦게 부탁드릴 것이 생각나
편지를 남깁니다…

케이크에 복숭아를 넣어주실 수 있을까요?
저도, 제 가장 친한 친구도 제일 좋아하는
과일이거든요. 그리고 저번에 보내주신 케이크
정말 맛있었어요. 솔리 버드 드림.

위스키 상자에
편지가 한 통 있었어요.

SIL

정말
세심하신
분이라니까!

복숭아는 플람베로
불을 붙여서 구워볼까요?
버드씨랑
잘 어울리기도 하고…

앨범 제목과도
잘 맞으니까요.

플람베는 요리에 첨가한 주류에
불을 붙여 알코올은 날리고
향만 남기는 조리법입니다.

이때 정향이나
팔각 같은 향신료를 더하면
뜨겁고 향긋한 기운이
더 강하게 깃든답니다.

104

〈뜰 안의 복사나무〉?

그거 되게 오래된 노래라…

잘 모르는데…

너네 집 복숭아 농사 짓지 않아?

그래서 잘 알 것 같았는데.

응? 그게 관련이 있…

…있을지도…?

음만 알면 칠 수 있는데…

뭐야,

너 좀 대단하다?

네가 음을 맞춰줘야 제대로 시작할 수 있는데…

그래도 그때보다는 훨씬 잘 치지?

아 참, 그 장례 케이크 말인데. 너 우리 농장에서 복숭아는 하도 먹었다고 질렸다면서…

…그래도 맛있었어. 시나랑 진도 너답다고 좋아했고.

「불꽃과 위스키 케이크」 마침

비눗방울 레몬 파이

휴일이 왔습니다.

매달 마지막 휴일에는
이름 없는 묘비들의 땅으로 갑니다.

공동묘지 안쪽으로 갈수록
이름도, 생일도,
가끔은 비석조차 없는 묘가
점점 늘어납니다.

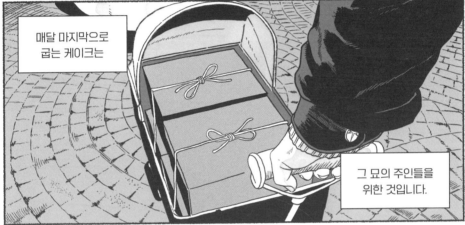

매달 마지막으로
굽는 케이크는

그 묘의 주인들을
위한 것입니다.

이번달에는
네 명.

의뢰받지 않은 케이크를 만들어 이곳에 오는 이유는
여러 가지가 있지만, 무엇보다도…

아, 여기다.
묘가 새로 생겼어요.

…이것이 생전 홀로 남아 쓸쓸히 떠난 이들에게 건네는
마지막 인사이기 때문입니다.

청익ー

정리하고 슬슬
내려가볼까요?

꼬덕

......

응, 먹고 나서
해도 돼요.

냠

어, 이 묘비가
원래 있었던가?

새로 세워진 건
네 곳뿐이라고
들었는데…

앗.

안녕하세요!

혹시
이 묘의 주인분을…

…아시는지…

공동묘지

유령

아까는 실례가 많았습니다.
제가 오해하는 바람에…

아이고~ 아닙니다.
오해할 만한 상황이었다고,
놀라게 해서 미안하다고
전해달라 하네요.

놀란 것보다는…

기대요?

조금 이상하게
들릴지 모르지만,
기대를… 했어요.

유령은
죽은 사람의 영혼이니까,
정말 유령이
존재한다면…

…혹시

다시 만날 수도
있지 않을까 해서요.

문학동네 가 선보이는 **오늘의 만화**

홈페이지 www.munhak.com ┃ **인스타그램·페이스북·트위터** @mundongcomics
카페 cafe.naver.com/mundongcomics ┃ **이메일** comics@munhak.com

삼국지에 새로운 색을 입히다

© 고우영

고우영 삼국지

고우영 만화 | 전10권

시대를 뛰어넘어 사랑받는 명작

부모가 읽고 자식에게 권하는
우리 만화의 문화유산 『고우영 삼국지』.
아버지의 작품이 아들의 손을 거쳐
올컬러로 재탄생하다!

황석영·이충호 만화 삼국지 전15권

황석영 정역 | 이충호 만화 | 김태관 각색 | 나관중 원작

삼국지 읽기의 탄탄한 첫걸음

원전에 충실한 탁월한 번역과 생생한 묘사,
꼭 알아야 할 핵심을 쉽고 재미있게 풀어낸
『삼국지』 결정판!

© 이충호 · 황석영

삼국지톡

무적핑크 글 | 이리 그림 | 기획·제작 YLAB | 1~3권, 출간중

과거와 현재가 공존하는 단 하나의 삼국지

중국 후한 ― 그 시대에 핸드폰이 있었다면?
'인싸'로 등극한 유비 삼형제의 전투가 시작된다!

© 무적핑크, 이리, YLAB

허기진 영혼을 오감으로 충족시키는 만화

차린 건 없지만

심모람 만화 | 1권, 출간중

군침 도는 그림과 깨알같은 개그로 차려낸
어느 만화가의 안분지족 먹부림 한상!

근사한 음식을 만들 의욕도, 기력도 없지만
얼렁뚱땅 한끼는 때웠다!
40가지의 음식과 8가지의 디저트,
포토 리뷰까지 곁들인 심모람표 먹는 생활만화!

여름 안에서

성률 만화

일상의 서정을 깨우는 섬세한 시선,
한국 그래픽 노블의 새로운 가능성!

때로는 무모하고 때로는 애틋한,
우정에 관한 두 편의 드라마.

당신의 향수

호우 만화 | 1~2권, 전4권 완결 예정

향기를 타고 잊지 못하는 순간으로
돌아갈 수 있다면?
『아이들의 권선생님』 호우 최신작

그리움을 향수에 담아내는 조향사 제이와 추억
속에서 오늘을 살아갈 힘을 얻는 사람들의 이야기.

전 세계를 매료시킨 SF 사가

총몽 시리즈

기시로 유키토 만화

총몽 완전판 | 전5권
총몽 외전
총몽 LastOrder 완전판 | 전12권
총몽 화성전기 | 1~7권, 출간중

©Yukito Kishiro / Kodansha Ltd

제임스 카메론 영화 〈알리타: 배틀 엔젤〉의 원작 만화

'인간이란 과연 무엇으로 규정되는가?' 국가도 종교도 사라진 먼 미래,
인간의 가치가 바닥에 떨어진 세상에서 철학적인 물음을 던지는 세기의 SF명작!

만화편집부의 기쁨과 슬픔이 이곳에

중쇄를 찍자!

마츠다 나오코 만화 | 1~13권, 출간중

대형 출판사에 입사한 신입 만화편집자 쿠로사와 코코로. 수많은 사람들의 열정
과 눈물, 인생이 걸려 있는 격전지에서 그는 무엇을 보고 배우고, 성장하게 될 것인
가?! 어엿한 편집자가 되기 위한 아기곰의 뜨거운 업무열전!

©2013 Naoko MAZDA / SHOGAKUKAN

제가 공부하는 곳에서는
유령 같은 건
미신이라고 해요.

저도
그렇게 믿고요.

저는 제 눈으로
본 것만 믿기로
결심했거든요.

그런데 아까는
제가 뭘 믿어왔는지
그런 건 아무 상관도
없어졌어요.

미신이면
뭐 어때.

다시 만날 수 있다면
환상 같은 거라도 괜찮아.

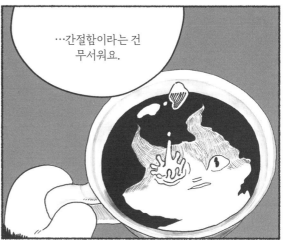

…간절함이라는 건
무서워요.

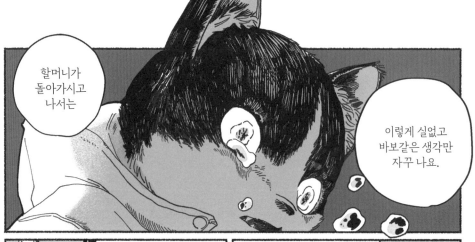

할머니가
돌아가시고
나서는

이렇게 실없고
바보같은 생각만
자꾸 나요.

누구든
소중한 사람을 잃으면
그런 생각을 해요.
그러니까 괜찮아요.

차차씨는
바보같은 생각을
하고 있는 게 아니라
상실을 마주하고
있는 거예요.

상실이나 슬픔에 다른 이름을 붙이면
정작 그것이 어떤 얼굴을 하고 있는지
알 수 없게 되어버리니…

이름을 제대로
불러주는 게
좋지요.

누군가를 잃는다는 건 마음 한구석에 그물을 드리우는 것과 같아서

그 그물을 건드릴 때마다 예기치 않게 온갖 감정과 기억이 죄다 끌려나오는데…

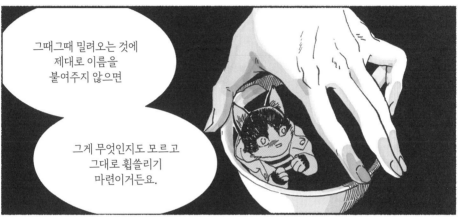

그때그때 밀려오는 것에 제대로 이름을 붙여주지 않으면

그게 무엇인지도 모르고 그대로 휩쓸리기 마련이거든요.

이름을 붙이면 마주할 수 있고,

마주할 수 있으면 다른 감정과 슬픔을 구별할 수 있어요.

따악

그 모든 걸
슬픔으로 뭉뚱그리면
슬픔의 총량만 한없이
불어나거든요.

무엇보다

소중한 사람을 슬프게만
기억하는 것보다
더 슬픈 일이 있을까요.

…맞아요.

이제 할머니를 만날 수 없게 된 건
정말 힘들지만…

할머니랑은 행복한 기억이
훨씬 많았어요.

하교할 때마다 마주치던 그 집은 마을마다 하나씩 있기 마련인 '이상한 집'이었습니다.

굳게 닫힌 문, 종종 들려오는 기계 돌아가는 소리,

마당에 놓인 용도가 의심스러운 물건들까지.

···이런저런 소문이 많은 곳이었어요.

그 집이 가까워지면
저는 다른 아이들과
다를 바 없이
두려움 반 호기심 반으로
마당을 기웃거리다
이내 서둘러
지나치곤 했습니다.

그리고는 뒤돌자마자
잊어버렸죠.

저녁에는
뭐 먹지?

나 왔어—

빌린 책
반납해야
하는데.

그 즈음에는
혼자서 생각할 것들이
많았거든요.

언니~

디디, 나나.
밥 먹었어?
엄마랑 아빠는?

밥은
안 먹었구,

엄마아빠
오늘도 늦는대.

어허,
당근 빼면 안 돼.

냉장고에 카레
데워 먹으렴

편식하면 어른 고양이
못 된다.

충치 생기면
어쩌려구?

가만히
있어야지!

안 자?

별자리 책
읽어줘.

코오…

우주의 모든 것은
탄생하고 또 소멸합니다.
별도 마찬가지입니다.

거대한 질량의 항성은
초신성 폭발로 생애의
마지막 단계에 접어듭니다.

그러나 그 폭발이
항성의 죽음을
의미하는 것은 아닙니다.

돌봐야 할 것도,
해야 할 일도 없고

저는 언제나 어떤 우주를
상상하곤 했습니다.

초침과 분침 사이
점점 가늘어지는 시간마저
그 의미를 잃는

오롯이 나 혼자만의 우주.

그저 떠 있는 것만으로도
완전한 그런 곳을요.

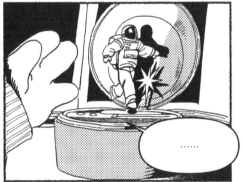

으아아…
어떡해…

더 심하게 망가진 건
아니겠지?

그러면
안 되는…

데…

내가 만들고 있는
저기 저것도
무서운 기계는 아니란다.

마술에
쓰는 장치야.

마술요?

젊었을 적에
마술을 했거든.

미련을 못 버려서
지나간 시절 멱살을 붙들고
안 놔주는 중이다,
뭐 그런 이야기지.

어떻게든
꼭 완성해보고
싶은 게 있어서.

혹시 제가
일하시는 데
방해를 한 건…

아니야!
영 진척이 없어서
한숨 돌리려던
참이었거든.

그것보다
아까 떨어뜨린 건 괜찮니?
고장나지 않았어?

아, 이건
원래 고장나 있었어요.
소리가 안 나서 어떻게든
고쳐보려고 했는데…

그러니?
그럼 할머니가
한번 봐도 될까?

아,
여기…

보자 보자…
독특하게 생긴
전자 오르골이네.

그래, 마침 이렇게
지친 기계들을 위한
마술이 있지.

수리수리 마하수리 수수리…

이제 어디 한번 볼까?

꾸욱

치익…

…그렇다면 항성이 폭발한 뒤에는 어떤 것이 남을까요?

?!

어, 어떻게 하신 거예요?

영업 비밀인데 알려주면 장사 접어야지!

아…! 감사합니다. 제가 정말 아끼는 거라서…

…진짜로 마술이…

잠시만.

혹시
저 오르골에서
나오는 거,
북섬에서 쓰는 말
아니니?

마, 맞아요.

저는 원래 북섬에서 살았거든요.
부모님이 직장을 옮겨서
이사왔어요.

이것도 북섬에서
가져온 거예요.

정말?!
세상에나, 이게
웬일이야!

끼익

잠시만
기다려보렴!

자, 여기 뭐라고 써 있는지
한번 읽어주지 않을래?

아니,
이게 이런 뜻이었어?
이제야 좀 알겠구나.

설계할 때부터
부품이며 뭐며
다 주문해놓고선
설명이 전부 북섬 말이라
손도 못 대고 있었어.

이런 장치는
북섬이
유명하니까요.

학생 덕에
겨우 실마리를 잡았네.
이제 본격적으로
시작할 수 있겠어.

어디서 이렇게
귀한 손님이 왔을까?
정말 고마워요.

고향 북섬을 떠나 새로운 말을 익히며
낯선 땅, 낯선 사람들 속에 섞여드는 동안
태어나 자란 곳의 말을
한 번도 써본 적이 없었습니다.

동생들은
이곳에서 태어나
북섬의 말을
전혀 모르거든요.

고향의 언어는
제 안에서
이방인의 증표와
같았어요.

드러내봐야
좋을 것이 없다고
생각했습니다.

저어…

괜찮으시면
제가 종종 와서
도와드릴게요.

낯선 땅에서
낯선 것이 되지 않으려는
몸부림 비슷한 것을
해왔습니다.

그러는 동안
마음 한구석에
웅크린 채 자라난 것은
분명 그리움이었습니다.

그날부터 저는
알마 할머니의 마술을
돕게 되었습니다.

할머니는 저의 제안에
조금 놀라신 듯하셨지만
곧 웃으면서
고개를 끄덕이셨습니다.

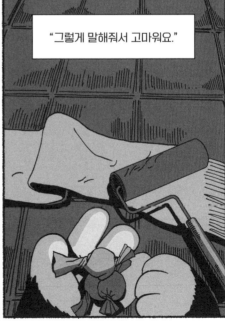

"그렇게 말해줘서 고마워요."

차랑 사탕은
많이 있으니까
언제든지 놀러와요.

이건 그거네.
유치원에서 생일마다
목에 걸어줬던
목걸이…

← 그거

이 사랑, 여기서도
파는 거였구나.

마술에 쓰려고
사두신 걸까…

숲 어귀의 그 집에 가는 것을
저도 모르게 조금 기대했던 것 같습니다.

시다…

작고 노란 사랑 알에서
기억하던 것과 같은
레몬 맛이 났습니다.

차차!

하굣길에 알마 할머니를 만나는 것이
일과로 자리잡기까지는
그리 오랜 시간이 걸리지 않았습니다.

부품 설명서를
번역해 적어두면
할머니는 그것을
길잡이 삼아
무언가를 조립하고
연결했습니다.

할머니와 함께 열중할 때면
시간이 한 걸음
느리게 흐르는 것 같았어요.

우주선에서 시간을 보낸다면
꼭 이렇지 않을까,
하고 생각했습니다.

밤낮으로 장치를 만드는 데
여념없는 할머니를 보면서
문득 궁금해졌습니다.

있죠,
할머니.

응?

지금 만들고 계신 건
어떤 마술에 쓰는
장치예요?

아, 내가
말을 안 해줬나?
이건 말이지…

비눗방울과 함께
사라지는
마술이란다.

비눗방울요?

응.
나는 그걸로 유명한
마술사였어.

이 마술은 말이야,
커다란 비눗방울 속에
들어간 채로…

비눗방울을 할 수 있는 만큼
크게 부풀린 다음에…

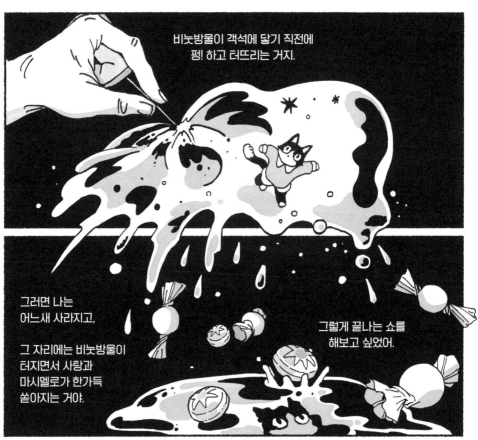

비눗방울이 객석에 닿기 직전에
펑! 하고 터뜨리는 거지.

그러면 나는
어느새 사라지고,

그 자리에는 비눗
방울이
터지면서 사탕과
마시멜로가 한가득
쏟아지는 거야.

그렇게 끝나는 쇼를
해보고 싶었어.

내가 정말 완성하고 싶었던
마술이거든.
내 입으로 말하려니
새삼 쑥스럽구나.

차차는
하고 싶은 거 있니?

아,
장래희망 같은 거요?

응,
그렇지.

152

…잘 모르겠어요.

그래?

우주에 관련된 일을
하고 싶은 거 아니었니?

어, 어떻게
아셨어요?

그 오르골도 그렇고…
무엇보다 옷이 아주 강력하게
자기 주장을…

월 화 수
MARS

아…!

목

금

…사실은
우주비행사가 되는 게
꿈이었는데요,
관두는 게 나을 것 같아요.

왜?

제가 그렇게 말하면
다들 농담인 줄 알거든요.

우주비행사가 되고 싶은 고양이라니,
다들 그보다 더한 농담은 없다고
생각하는 거겠죠?

…실은 한 번도
농담이었던 적 없는데.

…그랬구나.

그래.
농담 아닌 것에
끝까지 웃으려 드는
사람들이 있지.

그래도 말이야.
네가 하고 싶은 다른 일이
생기지 않는 한, 당분간은
그게 네가 제일 바라는
꿈이겠지?

아마도
그렇겠죠?

그럼 미리 그만두는 건 너무 아깝구나.

지금 포기하면 나처럼 미련 가득한 노년을 보내게 될 수도 있잖아?

이 할머니 꿈이야 지금이라도 어떻게든 시도해볼 수는 있지만 말이야,

이 나이쯤 돼서 우주로 가려면 무릎이 보통 쑤시는 게 아닐 텐데?

…그러네요.

정말로…

아, 웃는 거 오랜만에 봤다.

알마 할머니는 가끔
파이를 구워주셨어요.

자르기 전까지는
그 안에 무엇이 들었는지
알 수 없는 파이를요.

왜 파이 속은 항상 비밀이냐고 물으면,
"그 편이 더 재밌으니까" 라는 대답이
돌아왔죠.

오늘은
호박 파이.

할머니 집에서
종종 할머니의 기억과
마주치곤 했습니다.

옛 영광에
파묻혀 사는
노인네가 되는 건
아닐까 싶어서
치울까 했는데

그냥 쭉
걸어두기로 했단다.

The Great
ALMA!

미련 넘치는 노후를
한번 멋지게
보내보려고.

원래
방 두 개를 채울 만큼
많았는데 그나마
다 정리한 거야.

왜 정리하신
거예요…?

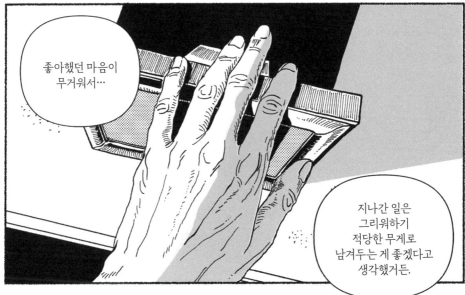

좋아했던 마음이
무거워서…

지나간 일은
그리워하기
적당한 무게로
남겨두는 게 좋겠다고
생각했거든.

결국
내가 누구인지
말해주는 건
과거이고

그걸 소중히
하는 것도
중요하지.

마술이야
내가 제일 잘하는
것이기도 하고.

무엇보다 같이
나이들어갈 기억이 있으면
외로움을 잘 모르게 돼.
그렇지만…

별은 삶을 마칠 때
폭발을 일으키는데,

그때 생애에 걸쳐 쌓아온
엄청난 양의 온갖 물질을
방출하거든요.

그 물질들은 다시 우주에
새로 태어나는 모든 것들의
재료가 돼요. 그리고…

163

할머니한테 이 이야기를
해드릴 수 있었으면
좋았을 텐데…

이게 다
차차 덕분이야.

네가 없었으면
시작하지도
못했을 거야.

아녜요.
도와드릴 수 있어서
좋았어요.

살면서 언제 또
마술에 쓰는 비밀 장치를
만들어볼 기회가
있겠어요?

그리고, 저도 얼른
완성된 마술을
보고 싶어요.

그래,
할머니도
마찬가지야.

167

영…차.

아이고, 하마터면
다 젖을 뻔했네.

…차차?

차차,
괜찮니?

…있잖아요,
할머니…

우주선에는요…
워낙에 작고 섬세한
설비들이 많아서

고양이 털이
들어가면
큰일이 날 거예요.

…왜 제 꿈은 항상
농담이 될 수밖에
없을까요?

다들 웃었는데요,
그건 아무래도
괜찮았어요.

몇 번이고
겪은 일이니까요.

우주비행사가
될 가능성이
거의 없을 거라는 말이
훨씬 아팠어요.

가망 없는 일을
좋아하는 건
아파요.

할머니,

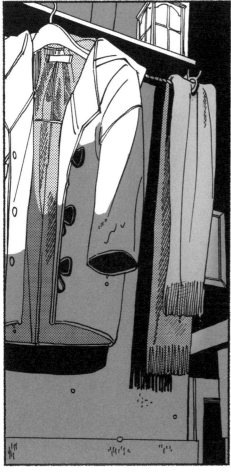

타닥

탁...

내가 마지막으로
온전한 정신을 하고
공연장에 섰던 날에,

큰 사고가
있었단다.

나도,
내 마술을 돕던
사람들도 다쳤지.

마술이 점점 사라지던 시절이라
무엇이든 해야 한다고 생각했거든.
찬란하던 시절을 다시 무대 위로
끌어올리려면 정말 뭐든지…

나를 소모하더라도
일단 해내고 나면
성공이 따라올 거라 믿고
밀어붙였어.

노력이 기대를
저버릴 거라고는
생각조차 하지 못했던
치기 어린 낙관이
나를 이렇게 만들었을까?

아니다.
좀더 절박한
어떤 것 때문이다.
사명이라고 믿었던
무언가 때문이다.

평생의 과업으로 삼은 일이
빛을 잃어가는 걸
막고 싶었기 때문이고,

어떤 이유로든
이 일을 절대 포기할 수 없다고
스스로 믿었기 때문이다.

모두의 만류에도
밀어붙인 건 나다.

비명과 웅성거림.
실패한 마술에서는
이런 소리가 곧잘 들려온다.

맙소사…
저게 다 부서진 거야?

알마!
정신 차려!

숨은 쉬는지
확인해봐.

쇼는
어떻게 되는 거야?

내가 여러분들의 박수갈채와 환호성이
갈 곳을 잃게 했군요.

다시 만회할
기회가 온다면 정말,
정말로 좋을 텐데요.

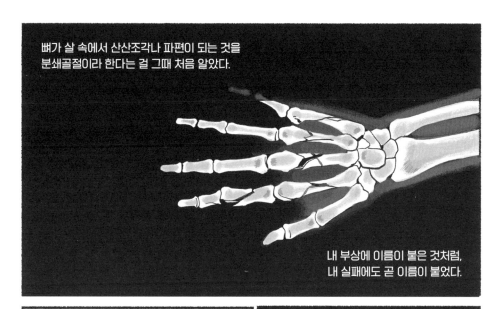

뼈가 살 속에서 산산조각나 파편이 되는 것을
분쇄골절이라 한다는 걸 그때 처음 알았다.

내 부상에 이름이 붙은 것처럼,
내 실패에도 곧 이름이 붙었다.

오만과 과신, 과욕 같은···

The Great
ALMA!

취소

기묘하게도 그 도시의 사람들은
성공보다 실패에 더 열광했다.
장래 유망하던 마술사의 추락은
참을 수 없이 즐거운 일이었다.

그러니 더욱더 멈춰서는
안 된다고 생각했다.

선생님, 완치되려면
얼마나 걸릴까요?

이 정도면
최소 6개월은 잡고
재활하셔야죠.

…6개월이면
이 바닥에서
3년이나 다름없어요.

회복이 더뎠다.

손가락 관절은
다른 관절보다
훨씬 빨리 굳는
부위였다.

초조함이
나를 닿아서는
안 될 곳까지
내몰았다.

통증을 잠재우는 것,
정신을 또렷하게 하는 것,
손의 떨림을 멎게 하는 것.

그런 것들을
죄다 섞어
목구멍으로 넘겼다.

알마, 준비됐어?
곧 시작하니까
대기해야 해.

있는 거라고는 끝도 없는 레몬 농장뿐인
허허벌판 깡촌에서 여기까지 올라오느라
흘린 피땀에 비하면, 이건 아무것도 아니야.

아무것도 아니어야지.

알마?
정말
괜찮은 거지?

…응,
아무렇지도 않아.
곧 나갈게.

그날 공연을 하던 중에,
처음 마술을 시작한 이유가
사람들의 놀란 얼굴을
좋아해서였다는 게 떠올랐다.

그러나
어느 순간부터 무대에 서면
관객들의 표정을 더는
보지 않게 되었다는 것도…

조명에 살이 익을 것만 같다. 숨이 머리끝까지 찬다.
삼킨 약이 몸속에서 불에 달군 조약돌처럼 달아오른다. 무대가 이렇게 불편했던 적이 있었나?

이곳으로 돌아오면
무조건 행복할 줄 알았는데

후들

아.

나는 그때 이후로
저 아래에서 한번도
벗어난 적 없을지 모른다.

나는 이 일을 사랑해.
그래서 그런 거야.

아니, 실은 이 일을
하지 않을 때의 나를
증오해서 그런 거지.

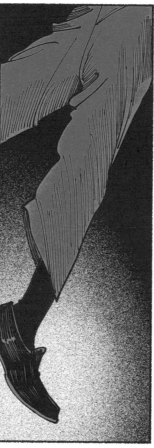

이 일을 너무 사랑해서,
무대를 벗어나면
아무것도 아닌 내가
무서운 거야.

박수갈채만이
삶의 유일한 의미라고
믿기 시작한 순간부터

인생 대부분을 차지하는
기나긴 적막을 도저히
견딜 수 없게 된다는 걸
알고 있었는데.

알마,
정말 가는 거야?
곧 돌아올 거지?

네 공연 기다리는
사람들 많아.

네가 해냈던 것들을
생각해봐.

알아. 그런데…
지금 그만두지 않으면
영영 돌아올 수
없을 것 같아서 그래.

마술을 선보일 때마다
웃으면서 놀라워하는
사람들의 얼굴이
정말로 좋았어.

뜨거운 조명도,
공연이 끝난 뒤의 고요함도,
지팡이도, 카드도,
비눗물이 가득찬 기계들도
좋아했어.

그런데 여기 더 있다간
그 마음을 못 이기고
영원히 무대 뒤만
떠돌게 될 것 같아.

그러기에는 내가
마술이라는 걸 생각보다
아주 사랑하더라고.

상태가 더 나빠져서
아예 마술에
손도 댈 수 없게 되면
나는 마술을
싫어하게 될지 몰라.

그럴 바에는 차라리
한 발자국 떨어져서
기약 없이 그리워할래.

내가 아는 한,

그리움은 언제나
사랑의 한 갈래거든.

꿈이라는 거
소중하고 귀하지.
그런데,

그 꿈 하나를
네 전부로 삼지
않았으면 해.

네가 무사해야
네 꿈도
무사하지 않겠니.

포기하거나
그만두라는
이야기가 아니야.
다만…

오늘 같은 일이 닥쳤을 때
네가 무사하기를 바란단다.

미안하구나.
그 모진 일을 겪었는데
해줄 수 있는 말이
꿈을 포기한 사람의
말뿐이어서…

그때부터 오늘까지 한 번도요.

…그래… 그렇구나. 맞아.

차차, 할머니 한번 꼭 안아줄래?

와락

차차!
어서 작동시켜보자.

지금이야,
지금!

레버 당겨!

지, 지금…

흠.

다시 한번
당겨볼…

아하하…
아주 별똥별이
따로 없네.

거 실패작 한번
곱~다!

그렇지 않니?

그때는 저도 모르게
고개를 살짝 끄덕였던 것
같습니다.

정말이지 실패라는 이름과는
어울리지 않는 풍경이었거든요.

뭐가 잘못됐던
걸까요?

혹시 제가
설명서를
잘못 해석한 건
아닐까요?

뭐,
그래도…

이건 이것대로 또
즐겁지 않았니?

......

재밌었어요.

그렇지?
그럼 됐다.

그동안
차차가 열심히
번역해줬으니
이제 할머니도
혼자 설계할 수
있을 거야.

그동안 고마웠다,
차차.

자,
잠깐만요.

아직 끝난 거
아니잖아요.
저 계속 도울래요!

할머니 마술이 성공하는 걸
꼭 보고 싶어요.

제 말에 할머니는
엷게 웃으면서 대답했습니다.
"그래, 그럼 내일도
종이랑 연필을 들고 오렴."

그뒤로 마술을
완성하기 위한 나날은
계속되었습니다.

할머니와 일상의 다른 지점들을
함께 나누면서,

나 혼자이길 바랐던 우주가
조금씩 부풀기 시작했습니다.

한 계절, 두 계절이
흐른 뒤에도
우리는 여전히
마술을 만들고
있었습니다.

살 게 많지 않아서
그다지 오래 걸릴 것
같지는 않구나.

참, 차차.
너 갖고 싶은 거 없니?
조금 있으면 생일이라며.

뭐든 괜찮으니
말해보렴.

저는 괜찮아요!
딱히 가지고 싶은 것도
없어서…

그럼 나중에라도 갖고 싶은 게
생기거든 꼭 말해줘야 한다?

할머니.

응?

이번엔
꼭 성공할 수 있을 거예요.
정말로요.

그래,
이번에는 꼭!

이번에는
진짜로
잘될 거 같아.

앗…!

탕

안 깨져서
다행이다…

아얏!

뚜껑에
금이 갔네…

할머니가
너무 늦으시는데.

언제쯤 오실까?
설계도 고친 거
보여드리고 싶은데.

할머니가
돌아오시면
같이 살펴보자.

이제 정말
작은 부분들만
고치면 되니까.

마술이 성공한 뒤에도 할머니랑 같이
남십자성이나 동전마술에 대한
이야기를 하면서
시간을 보낼 수 있으면 좋겠다.

그날 밤늦게 어떤 연락을
받게 될지도 모른 채
그런 생각들을 하며
행복에 들썩이고 있었습니다.

206

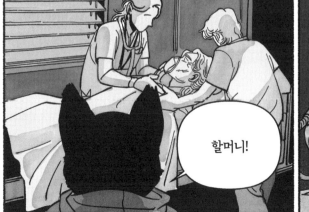

할머니!

할머니는 쓰러진 뒤
며칠 동안 의식을 되찾지 못했습니다.

할머니, 있잖아요.
12월이 되면
물병자리 근처에서
유성우가 내리거든요.

병원 접수처에서 할머니와 어떤 관계인지 물었을 때는
마땅한 말이 생각나지 않아 친구라고 말했습니다.

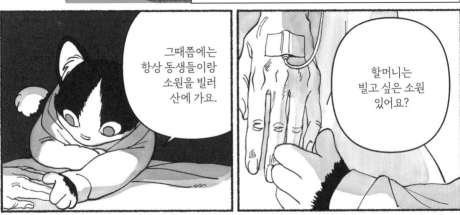

그때쯤에는
항상 동생들이랑
소원을 빌러
산에 가요.

할머니는
빌고 싶은 소원
있어요?

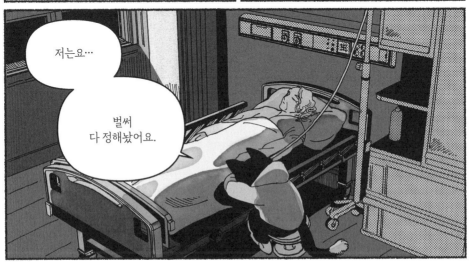

저는요…

벌써
다 정해놨어요.

…할머니!

몸 상태는 어때요?!
왜 이제야
일어나는 거예요…

응. 지금은 괜찮단다.
차차가 나를
기다려줬구나…?

할머니도 차차를
기다리고 있었단다.

차차야,
혹시 전에 그 전자 오르골
지금도 가지고 있니?

…네? 네!
있긴 한데…

여기…

사실 그때 말이야,
마술을 써서
이걸 고친 건
아니란다.

여기 보렴.

이 인형을 돌려서
오르골 속에 있는
태엽을 다시
감은 거야.

이런 오르골이 전지를
따로 쓰지 않는다는 건
보통 그 속에 태엽이
있다는 거거든.
대부분은 이런 장식이
태엽에 연결되어 있지.

별거 아닌
속임수였지?

그랬구나…
전혀 몰랐어요.

이제
듣다가 멈추면
바로 고칠 수
있…

할머니…?

가, 간호사 선생님
부를까요?
괜찮으세요?

괜찮다, 괜찮아.
조금 자고 나면
나아질 것 같구나.

잠드실 때까지
제가 옆에 있을게요.

차차야,

고맙다.

…저도요.

그러니까 빨리 퇴원하고
저랑 같이 가서
마술도 성공해야죠…

그래, 그래야지.
마술이 남아 있었지.

…그런데
차차야,

할머니는
그동안 한 번도…

우리 마술이
실패한 적 없다고
생각해.

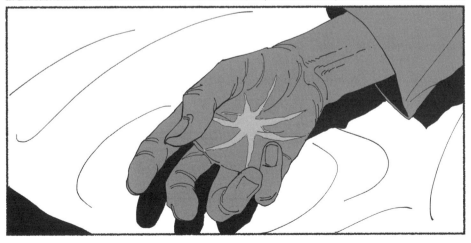

고야 선생님!

잘 지냈느냐?
마고.

지상은
이상하고 묘한 게
여전하구나.

급하게 연락드렸는데
여기까지
직접 와주시고…
너무 감사해요.

네가 부른 거
아니었으면
오지도 않았어.
냉큼 케이크부터
내오도록.

어쨌든 의뢰한 건
제대로 만들어왔단다.

선생님~

이야… 개인적으로도 정말 큰 도전이었다니까. 물론 나 같은 천재한테는 어렵지 않았지만.

화려한 케이크가 될 것 같은데 의뢰인이 궁금하네.

하하. 고야 선생님이랑 닮은 분이에요.

그렇게 말하니 더 궁금한데… 아, 그 설계도는 뭔가?

의뢰인께서 직접 그린 거래요. 케이크에 응용해보려고요.

호오…

이 의뢰인 말이야. 연옥 갈 때 되면 벌판 말고 꼭 나한테 보내. 똑똑한 조수가 필요하던 참이거든.

검토해 보겠습니다…!

아,
그리고

따로
부탁했던 약.

꼬박꼬박
잘 챙겨먹도록 해.
이거 없이 지상에서
어떻게 보낸 거야?

다 떨어진 지
며칠 안 됐어요…
감사합니다.

……

그래도
이대로 가다간 정말로
위험하다는 거
알지?

너처럼 지하세계 깊숙이
뿌리를 둔 것이,
지상에 이토록 오래 머무는 건
말도 안 되는 일이야.

연옥 것들에게는
죽어도 벌판을 건넌다는
선택지가 없어.

오직
'소멸'뿐이지.

지금도
여기저기 조절하는 게
어렵잖아, 그렇지?

아직은 괜찮아요.
크게 불편하지 않고,
무엇보다 아직 원하던
답을 찾질 못했으니…

그건 아무래도
제 능력 부족
같지만요.

그래도
지상 사람들이
왜 연옥에서
그런 선택을 하는지
알아볼 필요가
있어요.

무릇 지상이란
온갖 것들이
서로 얽혀 복잡하기
짝이 없으니
그 무엇에도
명확한 답이
없는 곳이거늘…

이러다 저승신이
저승 가는 거 아니냐고
다들 걱정한다고.
장례식 케이크 잔뜩 만들다
지가 케이크 받게 생겼구먼 뭘.

에이,
아직 그 정도는
아닌데요…

그래도 100년이야.
짧은 시간은 아니지.

…오랫동안 망자를
인도하면서…

…정작 죽음을 겪는
당사자들의 심정은
전혀 알지 못했어요.
여기서 조금씩
알아가고 있죠.

연옥에서
다음 생으로 가는 걸
포기하는 사람이
갑자기 늘어난
이유도 그렇고,

아직도 여기서
찾아야 할 게
너무 많아요.

그래, 알겠다.
어쨌든 여기 더 있고 싶으면
세끼 챙겨먹고 운동하고,
오븐만 들여다보지 말고
햇빛도 쐬고 그래. 인간 몸으로
건강하게 산다는 게
얼마나 어려운 줄 알아?

네, 네.

이러니저러니 해도
다정하시다니까.

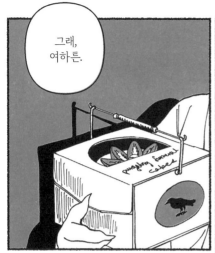

그래,
여하튼.

연옥에도 얼굴 좀
자주 비추도록 해.
차사들이 너만 기다린다.

넵.

그리고 다음에는
이거 두 배로 받아갈 거야.

얼마든지요!

그리고
그 특별 제작한 기계는
쓰고 나서 꼭 후기 보내고.
피드백은 완벽의
첫걸음인 것이야.

당연히
보내드려야죠.

파이는 장례식에 가장 많이 올리는
당과 중 하나입니다.

반죽이 속 재료를 감싼 모양이
관과 비슷해서 그렇다고 하는데,
유래는 명확히 밝혀진 바가 없습니다.

하지만 부드러운 속을 파이 반죽이
단단히 감싸안고 있듯,
망자가 지하에서 풍파 없이
편안히 휴식하기를 바라는 염원이
담겨 있다는 것은 널리 알려진 사실입니다.

장례 케이크의 모든 요소는
직접 만드는 것이 원칙이지만,
기억을 보다 온전히 담아내기 위해
시중에 나온 제품을 쓰는 경우가 종종 있습니다.

이게 알마씨가
좋아하셨다던 사탕인데…
녹여서 다른 형태로
써볼까요?

알마씨 마을의 단골이었던 이 레몬 사탕과 마시멜로가
오늘 알마씨를 위한 파이의 주재료가 될 것입니다.

좋아요.
우리도 우리가 할 수 있는
마술을 해봅시다.

227

먼저,
파이의 속을 채울
레몬 크림을
만듭니다.

레몬을
반으로 갈라
즙을 내고,

껍질은 갈아서
제스트로 만들어둡니다.

레몬은 신선할수록 향이 풍부하니,
갓 딴 것을 쓰는 것이 가장 좋습니다.

냄비에 설탕과 물을 붓고
소금 약간과 레몬즙,
전분을 넣습니다.

걸쭉해질 때까지
잘 저으며 끓입니다.

이때, 크림이
너무 묽어지지
않도록
유의합니다.

불을 끄고
온도를 맞춘 버터와
계란 노른자,
레몬 제스트를 넣어
섞습니다.

딱 이 정도로
걸쭉하게!

228

그다음은 파이의 바삭한 겉부분인 크러스트를 만들 차례입니다.
파이의 속을 감싸는 크러스트는 속 재료의 맛과 잘 어울리면서도
바삭하고 부드러운 식감을 유지할 수 있어야 합니다.

파이의 윗부분은
만드는 사람의 개성이
드러나는 부분이지요.
참고로 까마귀들은
발도장 모양 틀을 찍는 게
전통이랍니다.

버터와 설탕의 양에 유의하며
반죽을 만들고

반죽을 둘로 나누어
밀대로 펴줍니다.

두 덩어리 모두 고르고
평평해야 합니다.

그리고 반죽 하나를 파이 그릇에 깔아
끄트머리부터 모양을 잡습니다.
이때 반죽 바닥에 구멍을 뚫어두어야
반죽이 부풀지 않고
고르게 잘 익습니다.

그대로 한번 구워낸 크러스트 위에
만들어둔 레몬 크림을 붓고,
녹인 마시멜로를 요거트와 섞어
그 위에 한 층을 더 쌓습니다.

누구든 알마씨의 마술을 보러 가면
맡을 수 있었을,
레몬과 마시멜로 향기를
파이에도 스며들게 합니다.

이 상태로 살짝 구워낸 뒤 파이를 잘라보면
부드럽고 향긋한 레몬 크림 위에
폭신한 마시멜로 층을 얹은 모습이 되지요.

사탕은 녹여서
조금 다른 방향으로
써보려고 합니다.
어떤 모양이 좋으려나?

모양을 변형한 레몬 사탕은
잘 굳힌 뒤 파이 위에 얹습니다.
(어떤 모양인지는 비밀!)

그리고 파이 반죽 하나는
반구 모양 틀에 덮어
돔 형태로 굽습니다.

깔끔하게
분리돼서
다행이다…

이제 거의 다 왔습니다!
사탕을 채운 파이 위에
반구 형태의 파이를 올리고,
크림으로 이음매를 마무리합니다.

그리고 고야 선생님께 특별 주문한 비장의 장비… 설탕 열기구!

sugar - Candy Balloon

파이 위에 올릴 비눗방울에는 비눗물을 쓸 수 없으니, 설탕을 쓰기로 합니다.

얇게 부풀린 설탕 방울이 비눗방울을 대신할 거예요.

열기구 안에 설탕 반죽을 넣고 태엽을 돌리면,

설탕 반죽 속에 특별한 기체가 차오르며 반죽이 점점 부풀어오릅니다.

알맞은 크기가 될 때까지 기다리면 끝!

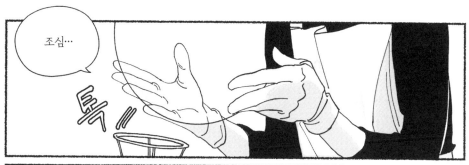

조심…

특!!

완성된 설탕 방울은
단순해 보이지만,

그 속은 특수한 기체로
가득차 있습니다.

그래서 터질 때가
더 특별하답니다.

마지막으로, 설탕 방울 안에
비밀 재료를 채워 마무리합니다.

설탕

그리고,
잘 다듬은 설탕 방울을
파이 위에 얹어 완성합니다.

알마씨의 마술에는 못 미치겠지만,
조금이라도 닮을 수 있다면…

알마씨의 마술이 보다
먼 곳까지 닿을 수 있기를!

이렇게
하는 건가?

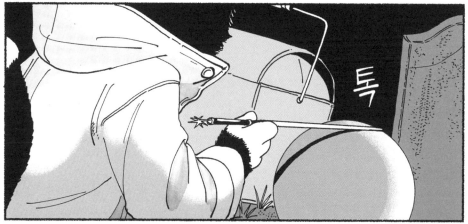

톡

잠 잠 …

……?

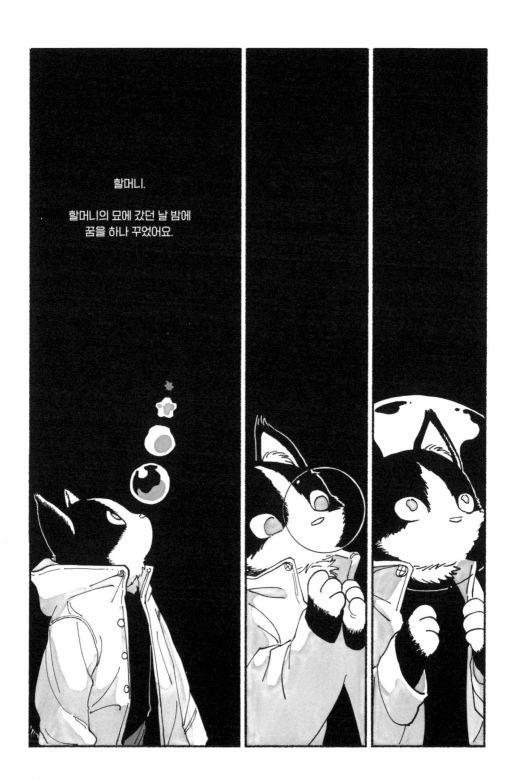

낯익은 비눗방울과 함께
밤하늘로 떠오르는 꿈을요.

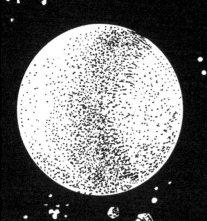

할머니.

생을 다하면 밤하늘의 별이 된다고 처음 말한 사람은
분명 아주 소중한 이를 잃어본 적이 있을 거예요.

그러니
늘 올려다볼 수 있는 곳에
그리운 사람을 묻어둔 거겠지요.

어느 별에서 저를
내려다보고 계신가요?

우리는
어떤 우주에서
다시
만나게 될까요?

…우주는 우리의 상상보다
더 비어 있는 공간입니다.
별과 별 사이는 멀고,
그 사이에는
티끌이 드문드문 있을 뿐입니다.

그러니 우주를 떠도는 입자들이
서로 만나기란 쉽지 않습니다.
하지만 서로의 존재도 모르던 입자들은
초신성 폭발 같은 사건이 일어나면
순식간에 가까워지기도 하지요.

그렇게 입자가 모이고
서로를 끌어당겨 촘촘한 구름을 이루고
그 힘이 가장 강한 곳을 중심으로
소용돌이치기 시작하면,
어느 순간부터 성운의 일부가 둥글게 붕괴됩니다.

그리고 그곳에서
어린 별이 태어납니다.

생일 축하해, 차차야.

제작노트

●『장례식 케이크 전문점 연옥당』 제작기

작년 12월에 이어, 2권으로 다시 만나뵙습니다. 더 많은 이야기를 보여드릴 수 있게 되어 무척 기쁩니다. 2권 제작노트에는 에피소드를 작업하며 그렸던 설정화와 러프 스케치, 콘셉트와 뒷이 야기를 담았습니다.

단행본과 함께 제작노트가 독자분들이『연옥당』의 세계를 들여다보는 데 작게나마 도움을 드 릴 수 있기를, 더불어 또다른 즐거움을 발견하는 지도가 되기를 바라는 마음입니다.

『장례식 케이크 전문점 연옥당』2권과 함께해주셔서 다시 한번 감사드립니다.

2022년 가을에
산호 드림

마고 MARGOT

연옥당의 주인. 연옥에서 망자들의 환생을 관장하던 까마귀신이었다. 100여 년간의 휴가를 맞아, 유령차사인 미로와 함께 지상에서 장례식 케이크를 전문으로 만드는 연옥당을 운영중.

장례식 케이크의 가장 중요한 재료는 고인의 살아생전 기억으로, 마고는 고인이 남긴 흔적을 따라가며 재료를 구하고 다듬어 케이크를 구워낸다. 마고가 굽는 장례식 케이크는 고인을 떠나보낸 이들에게 슬픔을 견딜 수 있는 열량이 되어줌과 동시에, 이승 저편의 세계에서 망자들이 환생을 위해 연옥 벌판을 건너는 동안 없어서는 안 될 소중한 식량이 되어준다.

미로 MIRO

마고와 함께 지상으로 온 유령차사. 원래는 연옥에서 여러 가지 현상을 관리하던 차사였다. 마고가 만든 케이크를 아주 맛있게 먹는다.
그의 비법을 전수받아
훗날 연옥에 케이크 가
게를 여는 것이 꿈이다.

마고는 연옥에서 연속적으로 발생한 어떤 사건들의 원인을 알아내기 위해 연옥당을 운영하며 지상 사람들의 생각과 기억을 듣고 있습니다.

연옥인의 몸으로 지상에 산다는 것에는 많은 위험이 따르지만, 마고는 문제의 실마리를 찾아내기 전까지는 어김없이 연옥당의 문을 열어두고 이곳을 오가는 사람들과 함께 이야기를 나눌 것입니다.

솔리 버드
SOLI BUDD

물보다 물속이 더 편안한 어수인(魚水人).
펑크록 밴드 '레비아탄'의 프론트우먼으로, 고등학교를 졸업하자마자
밴드를 결성해 지금까지 활동해왔다.

뛰어난 보컬리스트로 아가미를 열어 본인의 개성을 한껏 발휘한 노래를 부른다.

밴드를 결성한 이유 중 하나는 '아무도 어린 여자의 말을 제대로 듣지 않으니,
유명한 가수가 되어 하고 싶은 말을 노래로 부르면 싫어도
내 말을 듣게 될 것'이라고 생각했기 때문이다.

늘 자신만만한 표정. 말이 많은 편은 아니나
장난치는 것을 좋아하고(주로 노아에게)
말투가 능글맞은 구석이 있다.

머리카락은 어느 정도 길면 스스로 자른다.
가슴팍의 아가미를 드러내고 다닌다.
담배와 위스키를 포기할 수 없는 애연가이자 애주가.

악평을 달가워하진 않지만
막상 들으면 즐기는 타입이다.

솔리 캐릭터를 구상할 때 다방면에서 모티브가 되어준 여성 록 뮤지션들.
조안 제트(Joan Jett), 데비 해리(Debbie Harry), 패티 스미스(Patti Smith),
앤 윌슨(Ann Wilson)과 낸시 윌슨(Nancy Wilson), 재니스 조플린(Janis Joplin).

Joan Jett

Debbie Harry

Patti Smith

Ann & Nancy Wilson

Janis Joplin

노아 람
NOAH RHAM

솔리의 둘도 없는 친구이자 밴드메이트.
어릴 때부터 집안의 농장 일에서 벗어나기 위해 기타를 쳤다.
노아의 가족은 괴물신을 믿는
마을을 돌아다니며 괴물에게 바칠 제물을 잡고
손질하는 일을 했기 때문에 어디로 이사를 가도
사람들에게 배척당하곤 했다.
지금은 일가가 모여 복숭아 농사를 짓는다.

정 많고 서글서글하지만 어딘가
소극적인 면이 있다.
솔리와 솔리가 부르는 노래를
가장 잘 이해하는 친구이자 뛰어난 작곡가.

● 초기 설정 스케치

러비아탄

4인조 펑크록 밴드.
밴드의 이름은 신화에 등장하는 바다괴물의 이름에서 따왔다.
멤버는 보컬리스트 솔리, 기타리스트 노아, 드러머 시나, 베이시스트 진.
결성 초의 위기를 이겨내고 50여 년 이상 활발하게 활동해왔다.

초판에 실었던 레비아탄 멤버 컷.
멤버 모두가 수트를 입는 모티브는
1960년대 영국의 모드족(Mods)을 참고했다.

Leviathan

Soli Budd

솔리 버드
보컬리스트, 작사가, 술꾼

Noah Pham

노아 람
기타리스트, 작곡가, 잔소리꾼

Jin Natari

진 나타리
베이시스트, 디자이너,
언제 어디서나 우아한 모습

Sina Lin

시나 린
드러머, 퍼커션,
가끔 기상천외한 악기를 들고 옴

노래해, 노래해!

시나의 취미는 세계 곳곳의
타악기를 수집하는 것.
종종 실험적인 시도를 위해
이상한 것을 두드리기도 한다.
예를 들면, 솔리가 마시고 남긴 술병 같은 것.

진은 아트스쿨에서 회화를 전공했다.
레비아탄의 앨범 아트워크는
모두 진의 솜씨.
어디서든 찻잔을 꺼내는
묘한 능력이 있다.

● 케이크

원래 솔리의 케이크는
로큰'롤' 케이크였으나

Rock'n
Rollcake

이런저런 설정을 거쳐
술이 들어간 좀더 전통적인 모양의
케이크로 변경

복숭아절임을 얹은 구겔호프 케이크는
솔리가 좋아하는 디저트인데,
여름에 노아네 농장에 일을 도우러 갔을 때
노아의 고모가 자주 만들어줬던 듯하다.

맛있다!

언제든 놀러와!

저는 음악 장르 중에서도 록을 좋아합니다. 「불꽃과 위스키 케이크」에는 기나긴 작업 시간을 즐거이 보낼 수 있도록 해준 여성 록 뮤지션들을 향한 감사를 담았습니다. 주인공인 솔리의 외양에 가장 큰 영향을 준 인물은 미국의 록 뮤지션인 '조안 제트'로, 이 이야기를 그릴 즈음에는 그의 히트곡인 <I Love Rock 'n Roll>을 정말 많이 들었습니다.

「불꽃과 위스키 케이크」가 처음 공개되었을 때 가장 많이 받았던 질문은 솔리와 노아가 연인인지 아닌지에 대한 것이었어요. 작품의 해석은 작품이 작가의 손을 떠난 시점부터 오롯이 독자들의 몫이자 즐거움이라고 생각하기에, 뚜렷한 답을 내놓아 해석의 틀이 좁아지는 것을 피하고 싶습니다. 다만 친구, 연인, 파트너 등 명확히 규정된 단어만으로 표현할 수 없는 관계도 아주 많다고 생각합니다.

예술에 대한 취향은 사람마다 제각각이어서 한 장르에서 해석과 스펙트럼이 일치하는 다른 누군가를 만난다는 것은 정말 드물고 귀한 일이라고 생각합니다. 솔리와 노아는 '음악' 분야 안에서 퍼즐 조각이 꼭 들어맞는 것처럼 같은 취향을 가졌다고 생각하면서 그렸습니다. '취향을 나눈다'는 것은 많은 부분에서 공통점을 발견하는 것이고, 그럼에도 엇갈리는 몇 가지에 대해 논쟁하며 서로의 불가해한 부분을 조금씩 이해하는 과정이 아닐까요? 솔리와 노아는 이런 일들을 아주 일상적으로 해온 관계일 것이라 생각합니다.

솔리는 떠났지만, 노아는 솔리가 남긴 가사에 곡을 붙이며 계속 솔리를 이해해가는 날들을 보낼 것입니다.

차차
CHACHA

우주를 좋아하는 고양이 소녀.
언젠가 별을 가까이에서 보기를 꿈꾸며 우주비행사가 되려고 공부하고 있다.
원래 기계장치와 우주과학이 발달한 어느 섬에서 살았는데, 가족들과 함께 이사왔다.
내성적인 편이나 호기심이 많고, 행성이나 별이 그려진 옷을 자주 입는다.
외계인의 존재를 믿는 편.

알마
ALMA

숲의 오두막에 산다. 과거에 마술사로 활동했으나 사고로 그만두었다.
젊었을 때 완성하지 못한 비눗방울 마술을 성공시키기 위해
여러 가지 장치를 고안하던 중 차차를 만나 도움을 받는다.
고향을 도망치듯 떠났으나
고향의 특산물인 레몬을
여전히 좋아한다.
다정하면서도 단단한 성격.

맨 처음 알마의 모티브로 생각했던 인물은
프랑스 영화감독인 아녜스 바르다(Agnés Varda)이다.
그녀 특유의 둥근 헤어스타일을 긴 곱슬머리로 바꾸었지만,
낙천적이고 심지 굳은 성격은 알마 캐릭터에 그대로 반영했다.

초기 설정에서는
지금보다 체구가 작았고
성격은 좀더 거칠며 짓궂었다.

이런저런 물건을 잘 만든다.
마술사 시절에 썼던 장치도 모두 본인이 만들었다.
마술사를 그만둔 후로는 목공을 하며 지냈다.

에피소드를 시작하기 전 가장 처음 구상했던 장면은
우비를 입은 알마가 차차에게 우산을 받쳐주는 모습.

고야 선생
Dr. GOYA

연옥 최고의 기술자이자 과학자.
기계공학부터 생물학까지 과학의 모든 분야를 꿰뚫고 있다.
몇 살인지 아무도 모르며, 연옥 벌판보다 고야 선생의 연구소가 더 오래되었다는
전설 같은 이야기도 존재한다.

마고가 사용하는 대부분의 제과제빵용 집기를 만들었다.
마고와는 아주 오랜 시간 알고 지내는 사이로,
종종 기계를 만들어준 대가로 케이크를 요구한다.
한번 연구소에 틀어박히면 다시 나오게 하기가 쉽지 않다.

제멋대로지만 속마음은 언제나 살가운 고양이.

연옥 표준 제과 장비와 시스템을 개발했다.
밤낮없이 연구에 몰두하고 있기에
항상 유능한 조수를 찾고 있다.

좋아하는 것은 연어를 넣은 크로켓,
제비꽃 파이와 커피.
마고의 건강을 염려해 자주 잔소리를 한다.

고야 선생이라면 진심으로
차차를 스카우트할 듯하다.

차차와 고야 선생이
인간이었다면
이런 모습일까…

● 케이크

속을 열면 깜짝 놀랄 만한 요소들이
튀어나오도록 만든
서프라이즈 케이크가 모티브.

설탕으로 만든 공의 모양이
비눗방울과 비슷하다는 점에서
케이크 형태를 착안.

우주와 천체에 대한 이야기를 읽다가, 별이 생의 마지막에 어떤 모습을 하는지 알게 되었습니다. 거대한 항성들은 수명이 다하면 초신성 폭발로 생을 갈무리합니다. 그러나 그것이 정말 별의 마지막을 뜻하는 것은 아닙니다. 별의 폭발은 별이 일생동안 빛을 뿜어내며 끊임없이 만들어냈던 갖가지 원소들을 우주에 되돌리는 과정이고, 그렇게 우주로 퍼져나간 물질들은 중력에 의해 뭉쳐 다시 별이 된다고도 합니다.

누군가를 잃었을 때, 그의 죽음이 영영 그의 결말로 남는 것은 아니라고 생각합니다. 사람은 본의 아니게 많은 것을 지상에 남긴 채로 떠나고, 남은 자들은 그것을 어떤 형태로든 오랜 시간 간직할 수밖에 없지요. 떠나간 사람은 기억, 공간, 물건, 생각, 말과 글, 나누었던 대화, 그림과 음악 등의 형태로서 남은 자들과 함께 생을 이어간다고 생각합니다.

때때로 그것은 새로운 기억을 낳고 새로운 생각으로 다시 태어나며 새로운 말과 글이 되어 이 세상에 내립니다. 「비눗방울 레몬 파이」는 그런 생각에 살을 붙여 만든 이야기입니다.

알마가 스스로의 꿈에 다가가는 길에 맞닥뜨린 장벽을 허물도록 그녀의 곁에서 도와준 차차. 본인이 가진 조건이 꿈의 규격에 맞지 않아 스스로를 책망하다 결국 상처 입고만 차차를 향해, 그들이 꾼 꿈은 한 번도 실패한 적이 없었음을 전하는 알마. 각자의 존재가 서로에게 어떤 의미일지 고민하며 그렸습니다.

별이 반짝임을 멈추지 않듯 알마는 꿈을 완전히 포기한 적 없을 것입니다. 차차가 알마로부터 받은 가장 큰 선물은 아마 평생 꺼뜨려본 적 없는 그 빛이 아닐까 생각합니다. (힘들 때엔 잠시 밝기를 낮추고 쉬어도 괜찮다는 사실도요.)

Purgatory Funeral Cakes

A comic by Sanho

〈장례식 케이크 전문점 연옥당〉 2권과
함께해 주셔서 감사합니다 !

산호 드림 Sanho